Gerda Brömel

AF286537

Der Förde-Nikolaus
Weihnachtsgeschichten

Gerda Brömel lebt in Mönkeberg bei Kiel.
Weitere Bücher der Autorin:

Aus dem Takt gekommen [Kiel-Krimi]

Eine Frau in den *zweit*besten Jahren
– Geschichten um Luise-Marie –, Bd. 1 und 2

Farbeffekte – *Kuriose* Geschichten & Limericks

Das Limit – Ausgrenzungen / Eingrenzungen
[Kurzgeschichten]

Begegnungen unterwegs
[etwas andere Reisegeschichten]

Auf der Schaukel – Kindheitsbilder 1936 – 1945

Vun wat Fruunslüüd dröömt
un annere Vertellen

ISBN 978-3-8370-8939-4
Copyright © 2009: Gerda Brömel
Cover & Layout: GEBO, Hülsenberg
Herstellung und Verlag:
Books on Demand GmbH, Norderstedt

Inhalt

[Bei einigen dieser Geschichten handelt es sich um Neufassungen bereits früher abgedruckter Texte in anderen Sammelbänden]

✳ ✳ ✳ ✳ ✳ ✳ ✳ ✳ ✳ ✳ ✳ ✳ ✳ ✳ ✳ ✳

Meinen Leserinnen und Lesern
wünsche ich
eine besinnliche Adventszeit,
frohe Weihnachten
und
alles Gute im neuen Jahr!

Gerda Brömel

Der Förde-Nikolaus

Ihr glaubt mir nicht?«, fragte ich Svea und Simon.

Ihre Eltern hatten sie am Freitag gleich nach der Schule zu uns gebracht, denn sie wollten das Wochenende bei Oma und Opa an der Kieler Förde verbringen. »Aber es stimmt«, sagte ich, »in einigen Gegenden steigt heute am sechsten Dezember der Nikolaus aus dem Meer!« Irgendjemand hatte mir einmal von dieser kuriosen Sitte in nordischen Ländern berichtet.

Die Kinder lachten.

»Ach, Oma«, meinte der achtjährige Simon nachsichtig und tätschelte liebevoll meinen Arm, »was du dir immer so ausdenkst …«

Später saßen wir beim Schein der ersten Adventskerze zusammen und probierten den selbst gebackenen Stollen und die traditionellen Plätzchen. Die Kinder hatten

eine Kassette mit Weihnachtsliedern mitgebracht. Es waren alte und neue Weisen,
und wenn wir eine von ihnen kannten,
sangen wir alle mit. Draußen war es inzwischen dunkel geworden, der Wind heulte
ums Haus, und ich freute mich, hier so
gemütlich im warmen Wohnzimmer zu
sitzen. Doch die beiden Kinder hatten andere Pläne.

»Ich möchte so gern an den Strand!«,
sagte Svea. Die Zehnjährige stand bereits in
Anorak und Winterstiefeln vor mir und sah
mich ungeduldig an. »Kommt ihr mit?«

Wie immer, wenn die Enkel bei uns
sind, zieht es sie unwiderstehlich an die
nahe Förde. Als sie noch klein waren, be-
trachteten sie den Strand als ihre große
Sandkiste, in der man herrlich wühlen,
schaufeln, Kuchen backen und Kanäle bau-
en konnte. Und dies nicht nur im Sommer,
sondern zu jeder Jahreszeit. Später beeilten
sie sich, zu den Ersten ihres Jahrgangs zu
gehören, die schwimmen konnten. Denn
die entsprechenden Prüfungen waren Vor-
aussetzung dafür, dass sie in den Sommer-

ferien auch ohne ständige Aufsicht von Oma und Opa ans und ins Wasser gehen durften.

Als wir nun an diesem frühen Dezemberabend den kurzen Weg hinunter zum Strand spazierten, pfiff uns der kalte Wind um die Ohren und die feuchte Kälte ließ uns erschauern. Ich fand mich recht wacker, dass ich mich den Enkeln zuliebe diesem unfreundlichen Wetter aussetzte. Aber natürlich hätte ich ihnen den obligaten Strandbesuch nicht abschlagen mögen oder sie draußen in der Dunkelheit allein lassen können. Ach, wie ich den Opa beneidete, der behauptet hatte, er müsse unbedingt noch etwas im warmen Haus erledigen! Später sollte er es dann allerdings bedauern, nicht doch mitgekommen zu sein.

Svea und Simon schienen die Kälte nicht zu spüren. Sie liefen voraus, kehrten wieder um und legten so den Weg mehrmals zurück, während ich in angemessenem Großmuttertempo folgte.

Nachdem wir unser Ziel erreicht hatten,

sahen wir zu unserer Überraschung auf dem im Winter üblicherweise verlassenen Strandweg zahlreiche Menschen versammelt. Ich dachte an eine Demonstration – oder befand sich etwa ein Schiff in Seenot? Dann bemerkte ich aber die vielen Kleinkinder, die ausgelassen herumtobten, während ihre Eltern mit erwartungsfrohen Gesichtern auf die dunkle Ostsee blickten. Auf meine entsprechende Frage erklärte mir einer der Herumstehenden, heute sei doch der sechste Dezember.

»Ja …, und?«, fragte ich.

»Gleich wird hier der Nikolaus aus dem Wasser auftauchen!«

Also hat diese außergewöhnliche Sitte nun auch uns erreicht, dachte ich.

Mit ausgestrecktem Arm deutete der Mann in die Dunkelheit:

»Sehen Sie dort hinten den hellen Schein?«

Jetzt erspähte ich in Nähe des Sportboothafens eine schwache Lichtquelle, die nur ganz allmählich deutlicher wurde. Bald darauf erkannte ich mehrere flackernde

Lichter. Langsam, ganz langsam bewegten sie sich im Wasser in Richtung Strand, während in ihrer Mitte ein kleiner beleuchteter Tannenbaum über der Förde zu schweben schien. Und noch erstaunlicher: Direkt daneben schwamm der Nikolaus! Er musste es sein, auch wenn von ihm oberhalb des Wassers nur der Kopf mit weißem Bart und roter Kapuze zu sehen war. Dass es sich hier jedoch um einen speziellen Nikolaus handelte, bewies der leuchtende Dreizack in seiner Hand. Den hatte er sich für diese besondere Mission vermutlich ausgeliehen von Neptun, dem Herrscher der Meere. Inzwischen wurde mir auch klar, woher der flackernde Lichtschein kam: Eine Eskorte rot bemützter Schwimmer beleuchtete mit Fackeln des Meisters Weg durch die Dunkelheit.

Die kleinen Kinder und auch die Erwachsenen waren still geworden angesichts dieses fantastischen Bildes, und selbst der Wind schien den Atem anzuhalten. Zu hören war nur noch leises Plätschern, als Nikolaus und seine Begleitung

sich allmählich dem Land näherten. Die eben noch übermütig herumtollenden kleinen Kinder hatten vorsichtshalber Schutz bei ihren Eltern gesucht, und auch Svea und Simon kamen wieder an meine Seite.

Bald erreichte die merkwürdige Gruppe flacheres Wasser, und nun konnten die Fackelträger mit ihren Schwimmflossen unbeholfen an Land watscheln. Natürlich wussten wir alle, dass es sich um das Gefolge des guten Nikolaus handelte, dennoch und trotz ihrer hübschen roten Zipfelmützen wirkten die Männer und Frauen in den schwarzen Neopren-Anzügen etwas unheimlich im flackernden Schein ihrer Fackeln.

Dann stieg endlich auch der Nikolaus aus der Förde, und nachdem er sich zur vollen Größe aufgerichtet hatte, stellten wir zufrieden fest, dass er wirklich zünftig gekleidet war. Wie wir es von ihm kennen, trug er einen langen roten, mit weißen Blenden abgesetzten Mantel, der mit einem weißen Gürtel zusammengehalten wurde. Sogar auf (Gummi-)Stiefel hatte er nicht

verzichtet! Ungewöhnlich an seiner Erscheinung war nur, dass der Mantel von
der Kapuze bis zum Saum vor Nässe troff!

»Hohoho!«, rief er mit seiner tiefen
Stimme, »ich grüße euch, meine lieben
Kinder! Hohoho!«

Die Kleinen waren noch ein wenig verunsichert und verhielten sich abwartend.

»Hohoho!«, wiederholte der Nikolaus.
»Habt keine Angst! Kommt alle her zu mir!
Ich hab euch auch etwas mitgebracht!«

Neben ihm stand inzwischen ein gut gefüllter und wie durch ein Wunder sogar
trockener Sack. Seine Aufforderung galt
vermutlich nur den Kleinkindern, von denen die Ersten sich bereits mutig auf den
Weg machten. Doch ehe ich michs versah,
waren auch Simon und Svea auf den etwas
tiefer liegenden Strand gesprungen und
hatten sich in die inzwischen lange Schlange der wartenden Kinder gestellt. Amüsiert
beobachtete ich, dass die beiden mit eingeknickten Knien standen und sich etwas
duckten, um nicht schon zu groß zu wirken. Und sie hatten Glück: Kurz darauf

erhielten auch sie vom Nikolaus eine Tüte. Stolz zeigten sie mir anschließend ihre Schätze: Naschsachen, Tannenbaumanhänger und dazu noch etwas ganz Besonderes: In der Tüte befand sich auch einer der kurzen Leuchtstäbe – die gleichen, wie sie am Tannenbaum gehangen hatten, den der Nikolaus vom weiten Meer bis zu uns in die Kieler Förde gebracht hatte.

»Na, ihr beiden«, fragte ich Svea und Simon, »gibt es nun einen Nikolaus, der aus dem Meer kommt?«

»Ja«, musste Svea zugeben, »aber nicht im Traum hätte ich damit gerechnet, dass gerade wir ihn einmal zu sehen kriegen!«

»Den Förde-Nikolaus finde ich wirklich echt cool«, meinte Simon. »natürlich hab ich aber gleich gemerkt, dass das alles Leute von einem Tauchclub sind. Oder hast du vielleicht gedacht, Oma«, fügte er hinzu, während er mit dem Leuchtstab Figuren in die Dunkelheit malte, »dass ich noch an den Weihnachtsmann glaub?«

Christa

Meine neue Freundin Christa besaß eine lebhafte Fantasie, und sie war es auch, die um die Weihnachtszeit im Jahr 1940 auf eine ungewöhnliche Idee kam. Wir Achtjährigen spielten gern mit unseren Stallkaninchen, und sie half mir oft, das Grünfutter für die Tiere zu suchen.

»Ich bin ganz traurig«, sagte sie eines Tages, »dass die Kaninchen so gar nichts von der schönen Adventszeit haben! Alle feiern und sind fröhlich, dass der Herr Jesus Christus Geburtstag hat« (ja, so sprach sie wirklich!), »und die armen Tiere können sich nicht einmal an einem Adventskranz erfreuen!«

In diesem zweiten Kriegsjahr hatten wir drei Ställe, in denen die zusätzliche Fleischration für unsere Familie gehalten wurde. Wir beschlossen, ausnahmslos allen Tieren eine Weihnachtsfreude zu bereiten, auch

dem weißen Bock mit den roten Augen, den ich nicht leiden mochte.

Als wir dann allerdings an die Ausführung unserer guten Tat gingen, erwies es sich als ziemlich mühselig, die Tannenzweige zu passenden kleinen Kränzen zu biegen und zusammenzubinden. Doch wir malten uns dabei die Freude der armen Kaninchen aus, und dann schafften wir es. Zum Schluss verzierten wir unsere Arbeiten noch mit winzigen roten Schleifen. Leider mussten wir darauf verzichten, Kerzen aufzustecken. Aber würden sie nicht auch so merken, dass der Heiligabend naht?

Endlich waren alle Vorbereitungen erledigt. Mit einer Heftzwecke befestigten Christa und ich in jedem Stall einen wunderschönen Kaninchenadventskranz. Klopfenden Herzens blickten wir danach abwartend durch den Draht der wieder geschlossenen Stalltüren. Und *wie* die Tiere sich freuten! Jedenfalls anfangs. Neugierig hoppelten sie zu dem Grün in der Stallecke und begannen, ausgiebig daran zu schnup-

pern. Doch gleich darauf rannten sie wie von der Tarantel gestochen im engen Stall herum!

Ja …, hätten wir denn damit rechnen müssen, dass sie so gar keinen Sinn für weihnachtliches Brauchtum haben, sondern immer nur ans Fressen denken? Enttäuscht und etwas gekränkt nahmen wir die Kränze wieder heraus.

Christa wohnte nur ein knappes Jahr in unserer Straße am Kieler Stadtrand, bevor sie mit ihren Eltern wieder zurück in ihre Heimatstadt Dresden zog. Obwohl seither viele, viele Jahre vergangen sind, muss ich in der Vorweihnachtszeit immer an meine Freundin denken. Und wer diese Geschichte gelesen hat, versteht wohl auch, warum.

Siemchen
und ihr Hyazinthenkasten

Siemchen war nur ihr Spitzname, in Wahrheit hieß sie natürlich anders. Sie war Lehrerin und unterrichtete uns in Musik und Latein. Was es mit dem Hyazinthenkasten auf sich hat, werde ich später erzählen.

Diese Geschichte spielt in Kiel im ersten Nachkriegswinter. Irgendwann im Herbst war der Schulunterricht nach langer Pause wieder aufgenommen worden, bevor er dann in diesem ungewöhnlich kalten Winter erneut ausfallen musste, weil es keine Kohlen gab, um die Gebäude zu heizen.

Während dieser Zeit gingen wir jeden Morgen in unsere halb zerbombte Schule, gaben zitternd vor Kälte beim Klassenlehrer unsere Hausaufgaben ab, nahmen die korrigierten und die neuen in Empfang und liefen damit wieder nach Hause. Eines

Novembertags wurde ein Zettel herumgereicht, auf dem Siemchen Freiwillige suchte, die mit ihr an den Adventssonntagen für die Patienten im Städtischen Krankenhaus Weihnachtslieder singen wollten.

Ach, Siemchen ..., wir hatten seit Monaten nichts mehr von unserer Lehrerin gehört und sie und ihren Hyazinthenkasten fast vergessen. Und das, obwohl sie uns während der zwei Jahre begleitet hatte, als wir mit der Kinderlandverschickung aus Kiel evakuiert worden waren. Wenn mich damals das Heimweh überfallen hatte oder ich aus einem anderen Grund traurig war, besuchte ich unter einem Vorwand Siemchen in ihrem kleinen Zimmer. Sie schien immer Zeit zu haben. Forschend sah sie mich an und sagte, während sie mir mit leichter Hand übers Haar strich: »Mein liebes Kind ...« Diese Anrede tat mir wohl, denn wir wurden »Mädel« genannt und hatten entsprechend dem damaligen Erziehungsideal »zäh wie Leder und hart wie Kruppstahl« zu sein. Gefühle zu zeigen,

empfindsam zu sein, war unzeitgemäß.

Wie insgeheim erhofft, holte Siemchen bald aus der von ihr verwalteten Lager-Apotheke die Flasche mit dem Saft, der so gut nach Lakritze schmeckte, und gab mir davon einen Löffel gegen den vorgetäuschten Husten. Manchmal hatte sie gerade ihr Radio eingeschaltet, um einem Konzert zu lauschen. Dann forderte sie mich auf: »Nimm doch einen Augenblick Platz, mein Kind!« Das empfand ich als Privileg. Vor allem aber war es wohl die private Atmosphäre ihres Zimmers, die mich anzog und die ich in der sonst im Haus herrschenden kalten Aufgeräumtheit vermisste.

In einer Ecke des kleinen Raumes stand der »Hyazinthenkasten« – sie selbst hatte ihm diesen Namen gegeben. Auf den ersten Blick sah er aus wie ein mittelgroßer brauner Holzkasten mit Spuren einer bunten Blumenbemalung. Klappte Siemchen jedoch den Deckel auf, erschien eine Klaviatur mit weißen und schwarzen Tasten. Betrieben wurde dieses tragbare Harmonium durch einen im Innern verborgenen

Blasebalg, und zwar ausschließlich durch Muskelkraft. Siemchen steckte dazu den rechten ihrer kleinen orthopädisch beschuhten Füße in eine Art Steigbügel der Kette, die unten aus dem Hyazinthenkasten heraushing und mit dem Blasebalg verbunden war. Besonders vor Beginn des Musizierens brauchte das Instrument viel Luft, so dass Siemchen mit ihrem Fuß kräftig in die Kette zu treten hatte.

Ich sehe sie noch vor mir: Eine kleine, rundliche Frau mit schwarzbraunen, streng frisierten Haaren und lebhaften dunklen Augen hinter einer Goldrandbrille. Hin und wieder erzählte sie liebevoll und mit Hochachtung von ihrem verstorbenen Vater, einem Musikprofessor. In ihrem Zimmer hing sein gerahmtes Foto, das ihn als alten Mann mit weißem Spitzbart zeigte.

Doch zurück zur Vorweihnachtszeit im Jahr 1945. Am ersten Adventssonntag trafen wir sechs oder sieben Sängerinnen uns also zu der von Siemchen auf dem Zettel angegebenen Zeit in der Metzstraße vor

dem Haupteingang des Städtischen Krankenhauses.

Gemeinsam schleppten wir den Hyazinthenkasten die Treppenstufen hinauf. Oben auf dem Flur der Frauen-Station wurden wir schon erwartet. Die Schwestern hatten die Türen der Krankenzimmer geöffnet, und wir erkannten die blassen Gesichter abgezehrter Frauen in dicht nebeneinander stehenden Betten. Die Stationsschwester gab uns ein Zeichen, Siemchen trat mit ihrem Fuß energisch in den Kettensteigbügel und nickte dann für den Einsatz mit dem Kopf in unsere Richtung. Fast so feierlich wie eine Orgel klang in unseren Ohren jetzt das kleine Harmonium, das zusammen mit dem Hall des breiten, kahlen Flures zuverlässig unsere etwas dünnen Stimmen trug. Wir sangen den Choral »Macht hoch die Tür, die Tor' macht weit« und andere traditionelle Advents- und auch neuere Weihnachtslieder, deren Melodien und Texte wir sämtlich auswendig kannten. Nach einer kleinen Pause klatschten die Patientinnen Beifall. Sie schienen

gerührt zu sein, dass man sie nicht vergessen hatte. Damals verstanden wir noch nicht, warum viele von ihnen weinten.

Auch an den übrigen Adventssonntagen sangen wir im Städtischen Krankenhaus – diesmal auf anderen Stationen –, und immer gingen wir danach hochzufrieden nach Hause: Durch ihre Initiative hatte Siemchen uns Gelegenheit gegeben, etwas für andere Menschen zu tun, und dadurch fühlten auch wir uns beschenkt.

Vor dem letzten Konzert überreichte sie jeder von uns eine ungewöhnliche Postkarte, die mir erst vor Kurzem wieder in die Hände gefallen ist, und die ich – ohne es zu wissen – während all der Jahre aufbewahrt habe. Ein Weihnachtslied ist darauf abgedruckt, gedichtet und komponiert von Siemchens Vater, dem Musikprofessor. Ich weiß noch, dass wir es damals spontan gesungen haben. Sogar alle fünf Strophen, obwohl wir Dreizehnjährigen den Text altmodisch und den Refrain »Klinglingling, lalala! Weihnachtsmann ist da!« ziemlich kindisch fanden.

Als der Schulbetrieb später wieder seinen normalen Gang ging, unterrichtete Siemchen uns in Geschichte und Latein. Doch als Lehrerin konnte diese sanfte Frau sich nicht durchsetzen – Sanftheit bei Pädagogen ist nun mal etwas hinderlich! In ihren Stunden erholten wir uns vom übrigen Schulstress, wobei sie unser Desinteresse großzügig zu übersehen pflegte. Auch brachte sie es niemals übers Herz, unsere noch so dürftigen Leistungen schlechter als mit »ausreichend« zu zensieren. Gleichwohl begingen wir eines Tages an ihr Verrat, als wir uns beim Klassenlehrer darüber beklagten, bei Siemchen »überhaupt nichts zu lernen!«

Inzwischen bin ich selbst viel älter, als Siemchen damals gewesen war. Immer häufiger wandern meine Gedanken zurück in die Vergangenheit und dabei zu Menschen, die in irgendeiner Weise wichtig für mich gewesen sind. Zu jenen gehörte sicherlich auch Siemchen. Und wie merkwürdig: Die Erinnerung an andere »erfolg-

reiche«, damals von uns Schülerinnen schwärmerisch verehrten Lehrkräfte ist inzwischen verblasst. Es ist Siemchen, die ich nicht vergessen habe: Eine sanfte kleine, rundliche Frau mit einem guten Herzen und einem »Hyazinthenkasten«.

Krippenspiel

Wenn er an das Weihnachtsfest 1945 zurückdenke, schrieb kürzlich ein Zeitzeuge, könne er sich an nichts Besonderes erinnern. Nun ist es mit Erinnerungen so eine Sache – jeder zimmert sich seine eigenen zurecht, die er dann natürlich für die einzig authentischen hält. Daher möchte ich nicht beschwören, dass die folgende Geschichte sich haargenau so und nicht anders zugetragen hat. Im Großen und Ganzen ist jedoch alles wahr.

Genau wie der erwähnte Zeitzeuge war ich damals dreizehn Jahre alt, aber ich muss ihm energisch widersprechen! War es denn nichts Besonderes, den Heiligabend ohne Angst vor Bomben zu feiern? Sogar satt zu essen gab es bei uns, denn da nach Ende des langen Krieges alles nur noch besser werden könnte, hatte Mutter für das Fest ihre »eisernen« Vorräte geplündert.

Und wie früher sangen wir wieder die alten Weihnachtsweisen aus meiner Kinderzeit, die vorher durch »Sonnwendlieder« ersetzt worden waren. Dies alles empfand ich durchaus als etwas Besonderes.

Aber eigentlich wollte ich vom Krippenspiel erzählen. Nach zweijähriger Abwesenheit in einem KLV-Lager [Kinderlandverschickung] besuchte ich nun wieder die wöchentlichen Jugendnachmittage der Vicelin-Gemeinde, und da ich gern sang, wurde ich außerdem Mitglied im Kirchenchor. Das heißt, Kirchen gab es in Kiel nicht mehr, denn keine einzige hatte den Bombenkrieg unbeschadet überstanden. Aber unser Gemeindesaal war fast unzerstört geblieben, und dort fand jetzt das gesamte kirchliche Leben statt. Allerdings spielte hier unsere Organistin Agnes Hullmann auf einem Harmonium und nicht auf der Orgel wie einst in der Kirche. Als nun in der Adventszeit für das Krippenspiel eine Maria benötigt wurde, kam man ganz unerwartet auf mich.

✭ ✭ ✭ ✭ ✭ ✭ ✭ ✭ ✭ ✭ ✭ ✭ ✭ ✭ ✭

Nach einem Joseph, der singen konnte, musste noch gesucht werden, denn für dreizehnjährige Jungs war so etwas Weiberkrammäßiges natürlich unter ihrer Würde. Schließlich fand sich ein blonder Junge mit roten Wangen und etwas vorstehenden Schneidezähnen. Wie er mir ganz aus Versehen erklärte, hätte er für eine andere Maria niemals den Joseph gemacht. Das nahm mich sofort für ihn ein – und auch seine wunderschönen blauen Augen.

Viel Text hatten wir in dem Stück nicht. Unsere Rollen waren eher dekorativer Art, denn wir saßen die meiste Zeit nur stumm mit der Krippe zwischen uns im Mittelpunkt der sogenannten Bühne. Als Christkind hatte jemand eine große Puppe zur Verfügung gestellt. Hinter uns und zum Halbkreis aufgebaut stand der Chor der Engel, der im Lauf der Aufführung »Vom Himmel hoch, da komm ich her« und andere Weihnachtslieder sang. Von der einen Seite traten die Hirten auf, die sich nach der Huldigung des Christkindes um uns lagerten. Der Oberhirte war übrigens der

etwas naiv wirkende Günther, der ohne Aussicht auf Erfolg hinter mir her war und jetzt etwas traurig aussah. Ich glaube, nachträglich tat es ihm leid, dass er sich nicht selbst für die Joseph-Rolle gemeldet hatte. Die Heiligen Drei Könige kamen von der anderen Seite auf die Bühne, und genau wie die Hirten musste jeder von ihnen sein Sprüchlein aufsagen.

Als Höhepunkt der Aufführung galt das von Maria und Joseph gesungene Wiegenlied. Zwar hatte unsere Musiklehrerin einmal während eines Vorsingens in der Klasse ausgerufen: »Lauter, Gerda! Du hast ja eine Stimme wie für die Puppenstube!« Doch an diesem Adventssonntag war es im Gemeindesaal mucksmäuschenstill, und selbst eine Puppenstubenstimme schien bis zur letzten Reihe zu dringen. Jedenfalls wurde unser Krippenspiel während des Kindergottesdienstes ein großer Erfolg. Die kleinen Zuschauer bekamen heiße rote Wangen, und einige Mütter und Großmütter wischten sich ein paar Tränen aus dem Gesicht. Wir Mitwirkenden hatten aber

auch unser Bestes gegeben. Hinzu kam die Ergriffenheit der Zuschauer, die sich auf uns übertrug – vielleicht war es sogar umgekehrt.

Unser Pastor war damals noch ziemlich jung und voller Tatendrang, außerdem hatte der liebe Gott ihn mit einem hervorragenden Organisationstalent gesegnet. Das war Gold wert – damals, als es zu improvisieren und zuzupacken galt, um die ärgste Not zu lindern. Propst Hasselmann charakterisierte unseren rührigen Pastor später in dem Buch »Kirche in Kiel« [Neumünster 1991] folgendermaßen: »Adolf Plath fühlte sich unwiderstehlich angezogen durch die Aufgabe, Hilfe in jeder Form, mit welchen Mitteln und an welchem Ort auch immer, zu organisieren.«

Unermüdlich setzte unser Pastor Plath also seine Gaben ein bei der Hilfe für die vielen Flüchtlinge und Ausgebombten, die unter erbärmlichen Bedingungen leben mussten. Und ich weiß von meiner Tante Hanna, die als Fürsorgerin arbeitete, dass viele, vor allem alleinstehende alte und

gebrechliche Menschen nur dank seiner Hilfe die schreckliche Hunger- und Notzeit überlebt haben.

Für die Flüchtlingskinder hatte unser Pastor sich nun eine besondere Weihnachtsüberraschung ausgedacht, und zwar unsere Krippenspielaufführung! Es gelang ihm, von der britischen Militärregierung [Schleswig-Holstein gehörte nach dem verlorenen 2. Weltkrieg zur britischen Besatzungszone] den einzigen unzerstörten großen Saal in Kiel als Veranstaltungsort zu erbetteln. Es war das »Empire« in der heutigen Legienstraße, das den britischen Besatzungssoldaten als Kino diente. (Jetzt ist dort wieder das Gewerkschaftshaus.) Und noch eine andere und für die damalige Zeit sensationelle Überraschung hatte er organisiert. Aber davon später.

Wir Krippenspieler mussten nun einiges improvisieren, denn die weißen Bettlaken und Tischdecken, die die Engel so malerisch umhüllt hatten, waren inzwischen wieder ihrer eigentlichen Bestimmung zugeführt oder auf dem »Schwarzen Markt«

in Lebensmittel eingetauscht worden. Letzteres war jedenfalls mit der großen Puppe geschehen, die in unserer Krippe gelegen hatte. Das war aber nicht weiter schlimm, denn diesmal spielten wir auf einer richtigen, erhöhten Bühne, und vom Zuschauerraum aus konnte man sowieso nicht in die Krippe sehen.

Am Nachmittag des 24. Dezember saßen Joseph und ich also hier oben, hinter uns im Halbkreis hatte sich der Chor der Engel aufgebaut. Wie von Geisterhand gezogen rauschte der schwere rote Samtvorhang zur Seite, buntes Rampenlicht flammte auf. In der ersten Reihe des Zuschauerraumes erkannten wir den ranghöchsten englischen Offizier mit seinen uniformierten Leuten, und dahinter im Dunkel ahnten wir mehrere hundert Augenpaare, die erwartungsvoll auf uns gerichtet waren.

Anders als bei der Premiere im Gemeindesaal fühlten wir uns diesmal beinah wie richtige Schauspieler, und so waren wir auch weniger ergriffen als aufgeregt. Mich hatte schreckliches Lampenfieber

gepackt, ich zweifelte daran, überhaupt einen einzigen Ton herauszubringen! Doch dann war es so weit. Tapfer begann ich zu singen »Joseph, lieber Joseph mein, hilf mir wiegen mein Kindelein ...«, während ich mit einer Hand die Krippe schaukelte und laut Regieanweisung mit innigem Blick auf mein Kind schaute.

Das durfte doch nicht wahr sein!

Meine Stimme begann zu zittern, und nur mit Müh und Not gelang es mir, mit »Gott, der wird dein Lohner sein im Himmelreich der Jungfrau Sohn Maria« die Strophe zu beenden. Joseph hatte mich die ganze Zeit liebevoll anzusehen (mit seinen wunderschönen blauen Augen!). Aber im Stillen wird er gedacht haben: So eine alberne Gans! Denn nur mit äußerster Anstrengung konnte ich einen Lachanfall unterdrücken. Inzwischen sang Joseph seine musikalische Antwort »Wie soll ich dir denn das Kindlein wiegen, ich kann ja kaum selber die Finger biegen«, während ich ihm Zeichen machte, doch einmal in die Krippe zu gucken. Das tat er zum Glück

erst bei unserem zweistimmig gesungenen Schluss, und da begann es auch ihn innerlich zu schütteln: Auf dem Stroh lag ... ein großer Teddy, angetan mit einem gehäkelten rosa Babykleidchen und passendem Mützchen!

Zum Glück hatte im Publikum anscheinend niemand etwas bemerkt von unseren verzweifelten Bemühungen, Haltung zu bewahren. Heute weiß ich nicht mehr, wie wir die Aufführung auf anständige Weise zu Ende gebracht haben, denn Joseph und ich brauchten uns nur anzusehen, und schon zuckte es um unsere Mundwinkel! Deshalb war es uns etwas peinlich, als der hohe britische Offizier uns persönlich mit Dankesworten eine in dieser Zeit wahrlich sensationelle Überraschung aushändigte, die unser Pastor nicht nur für die zuschauenden Flüchtlingskinder, sondern auch für uns Krippenspieler organisiert hatte: Ein unglaublich weißes Brot und eine kleine Tafel Cadbury-Schokolade!

Wer uns den Streich mit dem Teddy ge-

spielt hatte, haben wir nie erfahren. Vielleicht Oberhirte Günther? Ihm hätte ich dies jedenfalls am ehesten zugetraut – und auch, dass er sogar mit dreizehn Jahren noch einen Teddy mit rosa Kleidchen besaß!

Jingle Bell

Weihnachten – das schönste Fest des Jahres! Wochen der Stille und der Erwartung, der inneren Einkehr und der fröhlichen Gemeinsamkeit im Kreise der Familie ... So sollte es sein, und so wünschen wir es uns alle.

Doch auch mich erfasst heute weihnachtliche Hektik, wenn ich in die nahe Großstadt fahre und dort von der gleißenden, flirrenden Helligkeit geblendet werde und mich berieseln lassen muss vom stampfenden Klangbrei der nach Popmusikart arrangierten Weihnachtslieder. Wie alle anderen haste ich durch die lärmerfüllten Geschäfte, und ich bin dankbar, anschließend wieder in mein beschauliches Dorf zurückkehren zu können.

Beschaulich? Heute nicht! In der Nachbarschaft lässt jemand laut und ununterbrochen eine blechern tönende Version von

»Jingle Bell …« und »I Wish You A Merry Christmas …« erklingen. Leider gibt es immer wieder einige rücksichtslose oder doch zumindest gedankenlose Zeitgenossen, die sich offenbar einen Spaß daraus machen, die Nerven anderer Leute zu malträtieren.

Entrüstet begebe ich mich auf die Suche nach der Quelle des musikalischen Lärms. In Verdacht habe ich schon jemanden, und zwar den »ewigen« Studenten, der nebenan im Souterrain haust. Heute kommt von dort allerdings kein Laut.

Die Nachbarin auf der anderen Seite unseres Hauses verteilt gerade Müll in ihre verschiedenen zur Abholung bereitgestellten Tonnen.

»Ja«, klagt sie, »ich fühl mich auch schon seit Stunden belästigt durch das andauernde Gedudel. Fast hört es sich so an«, meint sie vorsichtig lächelnd, »als käme der Lärm von Ihrem Grundstück! Aber vermutlich«, fügt sie schnell hinzu, »wird der Schall nur von Ihrer Hausmauer zurückgeworfen!«

✮ ✮ ✮ ✮ ✮ ✮ ✮ ✮ ✮ ✮ ✮ ✮ ✮ ✮ ✮

Nun kenne ich meine Nachbarin als eine ausgezeichnete Beobachterin mit nahezu detektivischen Fähigkeiten. Deshalb muss irgendetwas dran sein an ihrer Bemerkung. Also beginne ich sofort mit einer systematischen Suche rund ums Haus, wobei ich mich am lauter werdenden blechernen Klang orientiere. Bald werde ich sogar fündig, und ich mag es kaum gestehen: In unserer eigenen Garage! Also gehören wir selbst zu diesen rücksichtslosen Zeitgenossen, die auf den Nerven anderer Leute herumtanzen?

Immer noch dudelt es unermüdlich »I Wish You A Merry Christmas …« und »Jingle Bell …« Das Autoradio als Verursacher kommt nicht in Frage, denn die Zündung ist natürlich ausgeschaltet. In einer Ecke der Garage steht der Behälter mit dem Sondermüll für die Schadstoffsammlung. Kommt das Gequäke etwa daher? Jedenfalls klingt es aus dieser Richtung am lautesten. Und tatsächlich: Dort zwischen leeren Batterien, Farbtöpfen und Tonerkartuschen hat sich der Quälgeist versteckt!

Es handelt sich um einen kleinen, unscheinbaren Chip an einem in Fernost gefertigten Orchideen-Arrangement, der imstande ist, auf Fingerdruck Weihnachtslieder zu spielen.

»Und dabei«, verteidigt Heinrich sich später, »hab ich vorm Entsorgen das Ding noch extra mit kräftigen Hammerschlägen bearbeitet, um es für ein für allemal mundtot zu machen!«

Wie üblich werte ich diese Aussage als eine jener typischen Rechtfertigungen eines langjährigen Ehemannes. Aber vielleicht geschieht ihm diesmal unrecht? Denn inzwischen werden auch in sogenannten »Billigländern« unverwüstliche Produkte hergestellt – etwas, was man sonst doch gern mit »Made in Germany« in Verbindung bringt.

Advent im chilenischen Frühling

Am dritten Adventssonntag macht die HANSEATIC im chilenischen Hafen Puerto Montt am Golf Seno Reloncavi fest. Von hier aus werden wir nach Santiago fliegen, um dann zwei Tage später den Heimflug anzutreten. Dass bald Weihnachten ist, haben wir während unserer Reise entlang der südamerikanischen Pazifikküste und bei den sommerlichen Temperaturen fast vergessen. Nur der kleine Schokoladennikolaus erinnert daran – eine Aufmerksamkeit der Reiseleitung zum sechsten Dezember. Bevor ich ihn jetzt in meine vollgestopfte Umhängetasche stecke, betrachte ich ihn zum ersten Mal genauer: Es ist ein kleiner, hübsch modellierter brauner Kerl, dessen Bart, Augenbrauen und das unter der Kapuze hervorlugende Haar aus weißer Schokolade gefertigt wurden. Als ich ihn samt Zellophanummantelung um-

drehe, erfahre ich aus dem Herstellungsschild, dass er aus einer bekannten Fabrik
mit Sitz in einem Städtchen am Rhein
stammt.

Nach dem heute sehr zeitigen Frühstück
schlendern wir von Bord, um uns ein we-
nig in der Hafengegend umzusehen.
Haushohe Haufen Edelholzspäne für die
Papierverarbeitung warten hier auf ihre
Verschiffung nach Japan. Ebenfalls nach
Japan wird von Puerto Montt aus das vor
allem als Geliermittel dort begehrte Agar-
Agar exportiert. Später schlendern wir
durch die Straße mit dem sogenannten
Indianermarkt. Dort stehen zahlreiche Bu-
den, deren Inhaberinnen erst jetzt nach und
nach die über die ganze Front gehenden
Rollläden hochziehen. Es werden allerhand
Stoffe, Garne, Spielzeug und Souvenirarti-
kel angeboten, und ich kaufe noch schnell
ein paar Mitbringsel für die Enkel.

Nicht weit davon erstreckt sich der
Fischmarkt. Hier herrscht sogar am Sonn-
tag lebhafter Betrieb, denn heute kaufen
die Restaurant- und Hotelköche größere

Mengen ein als wochentags. Gerade wurden frische Thunfische, Rochen und riesige makrelenartige Fische sowie Jakobsmuscheln und Austern angelandet. Ich beobachte einen etwa zwölfjährigen Jungen, der mit einem kurzen Schlag seines scharfen Messers geschickt längliche Steinmuscheln öffnet. Es gäbe noch viel Interessantes zu sehen, doch schon müssen wir uns wieder auf den Rückweg machen, denn vor unserem Schiff wartet der Bus, der uns zum Flughafen bringen wird.

Auf dieser Tour begleitet uns die Chilenin Juana. Sie spricht ein ausgezeichnetes Deutsch, das sie – die selbst schon Enkel hat – von ihren aus Deutschland stammenden Großeltern lernte und auf der hiesigen deutschen Schule perfektionierte. Wir haben noch Zeit für einen kurzen Aufenthalt im Zentrum des Ortes. Stolz zeigt Juana uns ihre Heimatstadt, in der sie seit Geburt lebt. Puerto Montt könnte man beinah für eine mittelgroße deutsche Stadt halten: In der Hauptstraße lesen wir die Namen der Geschäftsinhaber, die Schultz und Müller

oder Schmidt heißen. Das kommt nicht von ungefähr, denn die ersten Siedler waren deutsche Einwanderer. Mit Landschenkungen hatte die chilenische Regierung sie Ende des neunzehnten Jahrhunderts hergelockt. Und sogar heute noch gehört zum gesellschaftlichen Leben – neben der deutschen Schule – ein deutscher Gesangverein, in dem man die alten und bei uns längst vergessenen Volkslieder singt. Juana gesteht, ihr absoluter Hit sei »Am Brunnen vor dem Tore, da steht ein Lindenbaum ...« Von ihrer Großmutter habe sie gelernt, einige deutsche Gerichte zu kochen, erklärt sie. Zum Beispiel gefüllte Gans, Rotkohl, Sauerbraten, Sülze und Klöße; sogar eine Butterkremtorte gelinge ihr recht gut.

Das Stadtzentrum wirkt sehr sauber. Gepflegte, mit Blumen bepflanzte Rabatten säumen die breiten Straßen sowie die lange Promenade am Wasser. Auf einer weitläufigen Grünanlage mit dicht belaubten Bäumen wurde jetzt zur Weihnachtszeit der »Stall von Bethlehem« mit Krippe, Christkind und lebensgroßen Figuren von

Maria und Joseph aufgebaut. Auch die Heiligen Drei Könige davor sehen ziemlich echt aus, was man vom Engel Gabriel mit den silberfarbenen Plastikflügeln nicht behaupten kann – doch wer hat schon einmal einen echten Engel gesehen? Aus versteckt aufgehängten Lautsprechern ertönen »Stille Nacht, heilige Nacht ...« und – was uns bei dieser hochsommerlichen Wärme ziemlich absurd vorkommt – »Leise rieselt der Schnee ...«; zu unserer Überraschung wird jeweils die erste Liedstrophe auf Deutsch gesungen.

Ich frage Juana, die gerade ganz allein und etwas verloren herumläuft – die Touristen sind mit ihren Gedanken schon bei der Heimreise –, ob sie den Namen der Bäume kenne, unter deren dichtem Blätterdach wir uns gerade befinden. Meiner Meinung nach seien es keine Linden, obwohl sie ähnlich aussehen.

»Hola, Manuel!«, ruft sie einem Passanten zu, um nun ihn zu fragen. Aber Manuel zuckt bedauernd mit den Schultern.

»Oh«, sagt sie, »ich habe sie immer für

Linden gehalten, wo ich doch das deutsche Lied vom Lindenbaum so liebe!«

Offenbar lässt meine Frage ihr aber keine Ruhe, denn später kommt sie noch einmal darauf zurück. Inzwischen habe sie erfahren, berichtet sie, es handele sich um chilenische Pappeln. Ich kann mir gut vorstellen, was sie gerade denkt: So sind nun mal die Deutschen, die wollen immer alles ganz genau wissen! Und dabei hatte ich doch eigentlich nur ein paar freundliche Worte mit ihr wechseln wollen!

Gerade sind wir im Begriff, zur vereinbarten Zeit wieder in den Bus zu steigen, als Juana verkündet:

»Fünf Minuten Verlängerung! Wir wollen uns noch das Militärkonzert anhören.«

Wie wir später feststellen, werden es dann »chilenische« fünf Minuten. Die Musik über der Krippe wurde inzwischen ausgeschaltet. Nun warten wir auf die Klänge der Militärmusiker in ihren grauen Uniformen, die sich mit ihren Instrumenten auf einem Podium eingefunden haben. Mit uns warten zahlreiche einheimische Spa-

ziergänger, deren Kleinkinder übermütig herumtoben. Immer wieder blickt der Dirigent forschend zum Portal der nahen Kirche, »denn«, weiß Juana, »bevor der Pastor drinnen nicht ‚Amen' gesagt hat, darf er nicht anfangen!«

An diesem dritten Adventssonntag lässt der Pastor sich allerdings viel Zeit mit dem Amen-Sagen. Die Musiker spielen hin und wieder ein paar Töne, doch der Dirigent winkt energisch ab. Erst nach einer Viertelstunde öffnet sich das Kirchenportal, der Geistliche mit weißem Spitzenüberwurf über dem Talar erscheint, schüttelt jedem Kirchgänger zum Abschied die Hand, und endlich darf die Kapelle mit ihren schmissigen Klängen beginnen. Bei den ersten Tönen beginnen die sonntäglich herausgeputzten kleinen Mädchen im Takt zu hüpfen. Einige von ihnen tragen über ihrem Kleidchen eine durchsichtige Voile-Schürze, und ich erinnere mich plötzlich daran, dass diese Sitte auch in meiner Kindheit üblich war. Ein ungefähr dreijähriges Indiomädchen bewegt beim Tanzen wie eine

Große ihre Hüften. Das sieht so reizend aus, dass wir Touristen unsere schon verpackten Fotoapparate und Camcorder wieder hervorkramen.

Inzwischen ist es nun aber wirklich Zeit geworden für die Weiterfahrt. Trotzdem lässt Juana den Bus unterwegs noch einmal stoppen, damit wir von einer Anhöhe aus einen letzten Blick auf ihre Stadt und den Hafen mit unserem jetzt weit entfernt liegenden Schiff werfen können. Hier oben – verrät sie uns – habe »Tante Uschi« ihren kleinen Laden, den sie neben ihrer Unterrichtätigkeit an der deutschen Schule betreibt. Zufällig steht sie gerade in diesem Moment vor der Ladentür. Stolz ruft Juana in ihre Richtung, wobei sie mit weit ausholender Geste auf uns zeigt:

»Das sind alles Leute aus Deutschland!«

Erfreut winkt Tante Uschi zu uns herüber, und wir winken zurück.

Danach fahren wir durch eine Siedlung adretter kleiner Holzhäuser mit Blumentöpfen in den Fenstern und Wäscheleinen im Garten und vorbei an vor weit mehr als

hundert Jahren gerodetem Urwald mit schwarzen Baumstümpfen, die immer noch nicht verrottet sind.

Trotz der Extra-Aufenthalte erreichen wir rechtzeitig den Airport, und dort verabschieden wir uns von unserer freundlichen Begleiterin. Die Reisenden belohnen sie mit dem üblichen Trinkgeld, das sie etwas verlegen annimmt. Ich erinnere mich an den Schokoladennikolaus in meiner Umhängetasche. Kurz entschlossen hole ich ihn heraus und überreiche ihn Juana mit guten Wünschen für das bevorstehende Weihnachtsfest. Auf ihre Reaktion bin ich allerdings nicht gefasst. Aufmerksam betrachtet sie das Geschenk in ihrer Hand. Als sie dann jedoch das kleine Herstellungsschild entdeckt, gerät sie geradezu außer sich vor Begeisterung:

»Ein Nikolaus aus dem fernen Deutschland! Und dazu noch vom alten Vater Rhein!« Spontan umarmt sie mich und küsst mich auf beide Wangen. »Ich kann es gar nicht fassen! Oh, wie ich mich darüber

freue! Und was meine Enkel erst dazu sagen werden! Vielen, herzlichen Dank!«

Ich fühle mich ein wenig beschämt, denn vermutlich hätte der kleine Kerl die weitere Reise und die für Santiago vorausgesagte Hitze ohnehin nicht überdauert.

Weihnachten um 1900
Onkel Christian erzählt ...

So lange ich zurückdenken kann, nannte ich ihn Onkel Christian, obwohl wir gar nicht miteinander verwandt waren. Christian Struckmann lebte von 1889 bis 1993, er wurde also hundertvier Jahre alt. Bekannt und beliebt war der Flensburger Malermeister nicht nur wegen seiner sympathischen und humorvoll drögen Art, sondern auch, weil er ein außerordentlich talentierter und dazu fleißiger Maler schöner Aquarelle und Ölbilder war.

Onkel Christian wusste sehr gut zu erzählen. Deshalb fragte ich ihn kurz vor seinem hundertsten Geburtstag, ob er mir nicht Begebenheiten aus seinem langen und bestimmt auch interessanten Leben berichten wolle, denn viele Dinge und Ereignisse aus früherer Zeit gerieten sonst in Vergessenheit. Unsere Gespräche würde

ich mit einem Kassettenrekorder aufzeichnen, in Schriftform übertragen und daraus eine Art Autobiografie anfertigen. Zu meiner großen Freude war Onkel Christian sofort mit diesem Projekt einverstanden, obwohl er gerade jetzt viel zu tun hatte mit den Vorbereitungen zu einer Einzelausstellung seiner Bilder im Flensburger Rathaus.

Es wurden dann fünf Nachmittage, an denen wir in seiner gemütlichen Wohnung in der Flensburger Neustadt zusammensaßen, während er mir aus früherer Zeit berichtete. Deshalb nannte ich die fertige Arbeit dann »Christian Struckmann – ein Hundertjähriger erzählt aus seinem Leben«. Frühe Erlebnisse aus der Weihnachtszeit gehörten natürlich auch dazu. Onkel Christan berichtete:

Das Weihnachtsfest wurde zu Hause immer sehr schön gefeiert. Da die Eltern einen Wollwaren- und Trikotagenladen hatten, war Weihnachten das größte Geschäft des Jahres, es zog sich bis spät am Heiligabend hin. Bei den Nachbarn sahen wir bereits

überall die strahlenden Tannenbäume, doch bei uns war es noch lange nicht so weit. Wir Kinder wurden schon ungeduldig, wir konnten die Zeit gar nicht abwarten!

Um acht Uhr abends wurde das Geschäft meistens geschlossen. Erst dann setzten wir uns im Speisezimmer an die Festtafel. Nach dem Essen – es gab Wein dazu – ging unser Vater in die beste Stube und steckte die Kerzen an. Danach läutete er dreimal, und die Tür ging auf.

Mein jüngerer Bruder Emil und ich stürmten hinein, denn jeder wollte der Erste bei den Geschenken sein! Dabei stießen wir an den Tannenbaum, der kippte gegen die Gardinen, und die gingen gleich in Flammen auf! Vater riss die Gardinen herunter und rief nach einem nassen Feudel, damit schlug er die Flammen aus. Und wieder einmal hatte Mutter [die Stiefmutter] Grund, dem HERRN zu danken, dass er noch größeres Unheil verhütet hatte.

Seit jenem Vorfall lief der Heiligabend anders ab. Es wurde ein beleuchtetes

Transparent mit dem Christkind in der Krippe und Maria und Joseph aufgestellt. Emil und ich mussten uns an die Hand fassen und mit dem Weihnachtslied »Ihr Kinderlein kommet …« ganz langsam bis zum Transparent gehen. Alle drei Strophen wurden gesungen! Dann folgten noch ein paar andere Weihnachtslieder, wie »O Tannenbaum ...«, »Es ist ein Ros' entsprungen ...« und »Alle Jahre wieder …« Danach wünschten wir einander ein frohes und gesegnetes Weihnachtsfest, und erst jetzt suchte jeder seine Geschenke.

Einmal kriegte ich ein Paar lange Wasserstiefel, über die habe ich mich sehr gefreut. Natürlich wurden sie gleich anprobiert. Ich wollte sie überhaupt nicht wieder ausziehen, auch nicht bei der Theateraufführung der Mädchen, wo ich als Engel mitwirken sollte. Mich hänselten sie danach immer als »der Engel mit den Wasserstiefeln.«

Ein andermal erhielten Emil und ich gemeinsam einen großen Kastenwagen. Zuerst war die Freude darüber groß, aber

später stellte sich heraus, dass mein Vater einen Hintergedanken dabei gehabt hatte: Mit dem Wagen sollten wir nämlich nachmittags nach der Schule die Pakete für das Geschäft ausfahren!

Als wir etwas älter waren, führten wir Kinder in der Weihnachtszeit Theaterstücke auf. Damals – meine ältere Schwester Franziska war gerade frisch verlobt mit Heinrich –, hatte ich ein Theaterstück ausgedacht und aufgeschrieben. Willi, Emil, Richard und ich spielten Hirten auf dem Felde. Ich war der Oberhirte, hatte einen Vorleger aus langhaarigem Fell als Schurz um, eine Ledertasche über die Schulter gehängt und in der Hand eine Gardinenstange als Hirtenstab. Alle fanden mich sehr echt, und Vater hat mich sogar fotografiert.

Wir lagerten um ein »Feuer« und bewachten die Schafe, aber in Wirklichkeit hatten wir ja keine. Darum sagte ich zu Willi (er hieß hier Daniel):

»Sieh doch mal nach den Schafen, ob da auch alles in Ordnung ist!«

✶ ✶ ✶ ✶ ✶ ✶ ✶ ✶ ✶ ✶ ✶ ✶ ✶ ✶

Er ging singend fort, und wir spielten eine wunderschöne Melodie auf einer kleinen Spieluhr, von der allerdings die Feder kaputt war, so dass sie mit der Hand gedreht werden musste. Aber wie ging es jetzt weiter im Text? Mein Kopf war leer! Franziska und Heinrich hatten das Manuskript und sollten eigentlich soufflieren. Doch sie verwechselten es wohl mit poussieren und hatten nicht aufgepasst. Eine peinliche Stille herrschte. Als Willi dann schließlich hinter den Kulissen (der Wohnzimmertür) sagte:

»Gott sei Dank, dass ich nicht dabei bin!«, fiel bei mir endlich der Groschen und ich fragte:

»Steht da nicht Daniel? Ist er schon wieder zurück?«

Danach ging es dann weiter, und bald darauf erschien auch Olga, meine andere ältere Schwester, als Engel Gabriel:

»Fürchtet euch nicht, siehe, ich verkündige den Menschen große Freude, denn euch ist heute der Heiland geboren ...«, und den wollten wir Hirten natürlich sehen.

Damit schloss der erste Akt.

Der zweite Akt spielte im Stall von Bethlehem. Das war Willis große Nummer, er war der König aus dem Morgenland. Er hatte einen roten Anzug an vom Abtanzball, wo wir einen spanischen Tanz aufgeführt hatten, sein Gesicht glänzte schwarz von Stiefelwichse. Er tanzte vor Freude und sang »afrikanisch«. Das war ein Lied, das Franziska von einem Missionar gelernt hatte, als sie bei Pastor Hasselmann in Hürup in Stellung gewesen war.

Willi hatte es allerdings nicht ganz behalten, er sang immer nur »Sadja manasche par i leg, sadja manasche par i leg ...«

Aber das verstand ja doch keiner, und der Applaus auf offener Bühne war überwältigend!

Deshalb führten wir noch eine Zugabe vor. Auf einer provisorischen Trage und hinter einer Glocke aus Pappe versteckt, wurde die kleine Henny auf die Bühne gebracht. Die Glocke teilte sich in zwei Hälften, und da saß nun Henny als Engelchen. Sie hatte die Hände gefaltet und sag-

te das einzige Gebet auf, das sie schon kannte:

»Ich bin klein, mein Herz ist rein, soll niemand drin wohnen als Jesus allein!«

Zum Schluss marschierten wir alle noch einmal am Publikum vorbei: Ich als König mit Papierkrone und Krönungsmantel (das war unsere karierte Reisedecke), danach kam Willi als König aus dem Morgenland, er hatte aber nur eine einfache Krone auf.«

Hier endet Onkel Christians Weihnachtsgeschichte. Ich schaltete den Kassettenrekorder ab, und wir beide hingen unseren Gedanken nach.

Inzwischen hatte sich Onkel Christians Gesicht zu einem Lächeln verzogen, und plötzlich musste er so lachen, dass seine Augen hinter lauter Falten verschwanden. Gerade war ihm etwas eingefallen:

»Willi war noch tagelang grau im Gesicht: Die Stiefelwichse saß so fest!«

Ein Geschenk fürs Leben

Es war einmal vor langer Zeit ...«, beginnt die Großmutter.

»Ach, Oma, für Märchen sind wir doch schon viel zu groß!«, rufen Merle und Jan empört.

»Nun wartet erstmal ab, hört auf herumzuhampeln und setzt euch ordentlich hin!«

Die Großmutter nimmt ihre Brille ab, räuspert sich, und als sie weiterspricht, klingt ihre Stimme warm und geheimnisvoll:

»Es war vor langer Zeit, als die Eltern mit ihren Kindern Fritz und Hanna, die waren damals neun und sieben Jahre alt, in einem schlichten Häuschen am Rande der großen Stadt lebten. Sie waren glücklich und zufrieden, obwohl sie mit jedem Pfennig rechnen mussten, denn das Häuschen hatte

mehr gekostet, als sie sich eigentlich leisten konnten, und sie hatten Schulden machen müssen.

Morgens ging der Vater ganz früh fort zur Arbeit und kam erst spät abends zurück. Die Mutter saß in jeder freien Minute an der alten Nähmaschine, um für fremde Leute Kleidung auszubessern oder zu ändern. Dadurch verdiente sie etwas zusätzliches Geld, denn das wurde dringend benötigt für warme Stiefel oder neue Schulbücher der beiden Kinder.

Das Jahr neigte sich seinem Ende zu, und trotz der schönen Adventszeit wurde die Mutter immer bedrückter.

‚In diesem Jahr können wir den Kindern so gut wie gar nichts schenken‘, klagte sie dem Vater. ‚Alles ist teurer geworden, das Geld reicht gerade so weit, dass wir nicht hungern und frieren müssen. Was sollen wir nur machen!‘

Der Vater aber antwortete:

‚Sorge dich nicht, Mutter, uns wird schon etwas einfallen!‘

Wie alle Kinder freuten sich natürlich

auch Fritz und Hanna auf Weihnachten. Oft standen sie in der Hauptstraße vor dem großen Schaufenster, wo das prächtige Puppenhaus ausgestellt war und die blitzende Eisenbahn ratternd immer im Kreis bergauf, bergab über Brücken und durch Tunnel fuhr. Nachts träumte Hanna, sie sei so klein, dass sie in dem Puppenhaus herumspazieren könne, und Fritz sah sich als Lokomotivführer, der mit seinem Zug mutig um gefährliche Kurven sauste. Sehnlicher noch als die Eisenbahn wünschte er sich allerdings etwas ganz anderes: Ein richtiges lebendiges Kaninchen, mit dem er spielen und das er lieb haben könne. Aber davon mochte er niemandem etwas verraten, denn es hieß doch immer, er sei schon ein großer Junge.

An den Adventssonntagen saßen Eltern und Kinder in ihrer warmen Küche und spielten ‚Mensch, ärgere dich nicht!', sangen die alten Weihnachtslieder oder erzählten einander selbst erfundene Geschichten. Manchmal guckten sie auch einfach nur ins Herdfeuer und lauschten, wie der Kessel

leise summte. Wenn es schneite – damals schneite es immer zur Weihnachtszeit –, liefen sie hinaus, rollten Schnee zu einer großen, einer kleinen und einer noch kleineren Kugel. Die setzten sie aufeinander und bauten so einen wunderschönen Schneemann. Hannas roter Sandkasteneimer war sein Hut, als Nase erhielt er eine Wurzel, zwei schwarze Kohlenstücke wurden seine Augen, und mit denen guckte er durchs Küchenfenster herein.

War der Himmel abends wolkenlos, wanderten alle vier in der Dunkelheit zur Stadt hinaus und stiegen auf den Hügel hinter dem Wald. Dort oben standen sie dann und konnten sich nicht sattsehen an den abertausend Sternen, die am tiefschwarzen Firmament funkelten. Mit leiser Stimme, als wolle er die Stille nicht stören, erklärte der Vater die Sternbilder: Den Orion, den Großen Wagen mit dem Reiterchen auf der Deichsel und den Kleinen Wagen, an dessen Spitze der Polarstern steht, die Kassiopeia, die aussieht wie ein **W**, und das Siebengestirn, das auch die Plejaden

heißt. Hin und wieder fiel eine Stern-
schnuppe. Schnell wünschte sich jeder etwas, doch nur in Gedanken, denn sonst
würde es nicht in Erfüllung gehen.

‚Am Heiligabend werde ich euch in ein
Geheimnis einweihen‘, flüsterte der Vater
in einem dieser Augenblicke. ‚So viel will
ich aber schon jetzt verraten: Es hat etwas
mit den Sternen zu tun.‘

Manchmal, wenn die Kinder abends in
ihren Betten lagen, fiel das Mondlicht
durch die Fensterscheiben und ließ die Eis-
blumen daran glitzern wie tausend Dia-
manten. Wär doch nur bald Weihnachten!,
dachten die beiden schlaftrunken, bevor sie
einschliefen.

Wie in jedem Jahr sang auch diesmal die
kleine Familie am dreiundzwanzigsten
Dezember ‚Einmal werden wir noch wach,
heißa, dann ist Weihnachtstag!‘, und dann
war es endlich so weit.

Als sie am Heiligen Abend aus der Kirche kamen, schlugen die Eltern jedoch
nicht den Nachhauseweg ein, sondern den
zur Stadt hinaus. Es war bitterkalt und

sternenklar, und bei jedem Schritt hörten sie, wie der Schnee unter ihren Stiefeln knirschte. Bald erreichten sie den Hügel hinter dem Wald. Hier oben sprach nun der Vater zu den Kindern:

‚Ihr beide seid jetzt groß genug, um das Geheimnis zu erfahren, von dem ich euch erzählt habe. Und zwar ist es ein Geschenk, das es nicht zu kaufen gibt und hätte man noch so viel Geld. Es ist auch nichts, das man anfassen und mit nach Hause nehmen kann. Nein, es ist viel mehr, denn ein Leben lang wird es immer da sein!'

Der Vater legte eine kleine Pause ein, bevor er schließlich weiterredete.

‚Seht ihr dort oben am Himmel das Sternbild des Orion?'

‚Ja!', sagten die Kinder wie aus einem Mund und schauten dabei hinauf zum Himmel

‚Und seht ihr auch diesen besonders hellen Stern am äußeren Rand?'

‚Ist das nicht der Rigel?', fragte Fritz.

‚Ja', bestätigte der Vater. ‚Und damit hat es eine ganz besondere Bewandtnis.'

Wieder hielt er einen Augenblick inne.

‚Wir nennen ihn unseren Familienstern. In der Adventszeit und besonders am Heiligabend sehen wir hinauf zu ihm, und dabei denken wir fest an alle, die wir lieb haben. Mutter und ich denken an euch und an unsere Eltern, die ja eure Großeltern sind. Und wir denken auch an unsere Geschwister, eure Onkel und Tanten. Und jene, bei denen wir mit unseren Gedanken sind, sehen ebenfalls hinauf zum Abendhimmel und denken an uns. Wir tun das, wo immer wir gerade sind. Ihr sollt nun auch daran teilhaben, und euer Leben lang werdet ihr euch beim Blick zum weihnachtlichen Abendhimmel niemals ganz allein und verlassen fühlen, denn ihr wisst, dass immer jemand in liebem Gedenken mit euch verbunden ist!'

Fritz war richtig feierlich zumute geworden. Aufmerksam betrachtete er den Familienstern und sagte dann mit ernster Stimme:

‚Dies ist wirklich das schönste Weihnachtsgeschenk, das ich mir vorstellen

kann!'

Hanna fügte hinzu:

,Ja, für mich auch. Aber wollen wir nicht trotzdem jetzt schnell nach Hause gehen und nachgucken, ob der Weihnachtsmann noch was zum Anfassen gebracht hat?'

Mutter und Vater lachten. Ein letztes Mal sahen alle zu dem funkelnden Stern hinauf, und dann machten sie sich auf den Heimweg.

Tatsächlich, der Weihnachtsmann war inzwischen dort gewesen! Hanna fand in der guten Stube unter dem Tannenbaum eine allerliebste Puppenküche. Die war viel schöner als das prächtige Haus aus dem Schaufenster, denn in dieser Küche sah es genauso aus wie bei ihnen zu Hause! In der Ecke stand der Herd mit einem winzigen Wasserkessel, und über der Messingstange hingen karierte Puppenhandtücher zum Trocknen. Ein roter Blumentopf leuchtete auf dem Fensterbrett, und die Gardinen waren aus dem gleichen Stoff wie in der großen Küche. In der Mitte saßen um den Tisch herum ein kleiner Vater, eine kleine

Mutter und zwei winzige Kinder, alle aus bunten Stoffresten genäht. Als Hanna ganz genau hinsah, entdeckte sie auf dem Küchentisch sogar ein klitzekleines Mensch-ärgere-dich-nicht-Spiel!

Doch Fritz suchte vergeblich nach einer Eisenbahn, und er musste sich sehr zusammennehmen, um nicht vor Enttäuschung zu weinen. Da legte die Mutter ihren Arm um seine Schulter und sagte:

‚Dein Geschenk ist im Schuppen, sieh nur gleich nach! Aber zieh deinen warmen Mantel an, draußen ist es kalt!‘ Fast war er schon aus der Tür, als sie ihm noch hinterherrief: ‚Und nimm deine Taschenlampe mit!‘

Fritz wagte es kaum zu hoffen, aber als der Lichtkegel seiner Lampe den dunklen Schuppen erhellte, entdeckte er sofort etwas, was es vorher dort nicht gegeben hatte – einen bunt bemalten Stall! Langsam trat er näher: Darin hockten ein weißes und ein schwarzes Kaninchen! Neugierig hoppelten sie sofort an den Drahtzaun, aufgeregt bewegten sich ihre drolligen Nasen.

Fritz öffnete die Stalltür, streichelte die Tiere, nahm eins nach dem anderen auf den Arm und legte sein Gesicht an das weiche, warme Fell: Sein heimlicher Wunsch war doch noch in Erfüllung gegangen!

Als Fritz und Hanna nach diesen schönen Überraschungen schließlich todmüde in ihren Betten lagen, sagte der Vater zur Mutter:

‚Siehst du nun, dass wir unseren Kindern auch mit ganz wenig Geld ein unvergessliches Weihnachtsfest bereiten konnten?'«

Die Großmutter richtet sich im Sessel auf und schaltet die Stehlampe ein, im Zimmer ist es inzwischen dunkel geworden. Die Kinder strecken und recken sich wie nach einem schönen Traum.

Nachdenklich sagt Jan:

»Oma, du heißt doch auch Hanna …«

»Oh!«, ruft Merle aufgeregt, »dann warst du bestimmt das kleine Mädchen, und es ist eine wahre Geschichte!«

»Ja«, antwortet die Großmutter ernst, während sie ihre Enkelkinder liebevoll ansieht, »und ich glaube, es ist nun an der Zeit, dass auch ihr unseren ganz besonderen Familienstern kennenlernt!«

Eine abenteuerliche Reise

Und der Schokoladenweihnachtsmann hat dir das wirklich erzählt, Oma?«, fragte der kleine Hanno ungläubig.

»Na ja ....«, musste ich zugeben, »richtig mit Worten zu mir gesprochen hat er natürlich nicht. Aber als ich ihn dann genauer betrachtete, malte ich mir aus, welch unglaublich weite Reise er vielleicht überstehen müsste. Zum Beispiel von Deutschland bis an die Pazifikküste Südamerikas! Warte mal«, überlegte ich, »das wären ungefähr fünfzehntausend Kilometer! Da habe ich gedacht, wenn er sprechen könnte, hätte der kleine Kerl bestimmt viel zu erzählen. Und dies könnte seine Geschichte sein«:

Als einer der Ersten der diesjährigen Serie blickt Bernhard von Leckerburg an sich herunter, dann auf seine Artgenossen, die

rechts von ihm auf dem Laufband in endlos scheinender Reihe einer nach dem anderen aus dem Tunnel geschoben werden, und sich genau wie er selbst mit kaum merklichen Rucken in Richtung Produkt-Endkontrolle bewegen. Er ahnt – nein, eigentlich weiß er es –, ihnen allen ist nur ein kurzes Dasein beschieden, darüber macht er sich keinerlei Illusionen. Und einige von ihnen trifft es dazu noch besonders hart. Das sind jene, an denen es etwas auszusetzen gibt – es kursieren genügend Gerüchte über solche Fälle. Diese bedauernswerten Kameraden werden aussortiert und landen dann wer weiß wo! Bestenfalls im großen Schmelztiegel, um vielleicht als Osterhase mit lächerlich langen Ohren wieder aufzutauchen! Er beschließt, sich im entscheidenden Moment so unauffällig wie möglich zu verhalten, um sich in keiner Weise von seinen Mitweihnachtsmännern zu unterscheiden – deshalb eben auch sein prüfender Blick.

Tatsächlich passiert er anstandslos den Checkpoint, wird in eine Zellophanhülle

gesteckt und landet mit den anderen in einem großen Pappkarton. Jetzt kann er es sich getrost für einige Zeit bequem machen. Neben, über und unter sich hört er bereits das Zellophanpapier knistern, als seine Genossen sich gemütlich zurechtlegen. Es ist erst April, und frühestens im September werden für sie alle die mit Aufregungen verbundenen unausweichlichen Veränderungen beginnen. Dann müssen sie sich auf Transporte mit Stößen und Gerüttel gefasst machen und auf Umschichtungen, in denen die Schicksalsgemeinschaft der Freunde auseinandergerissen wird.

Aber wie immer vergeht die Zeit viel zu schnell. Bernhard meint, gerade eben erst habe er sich zur Ruhe begeben, als er unsanft aus dem Schlummer gerissen wird.

»Was ist denn nun schon wieder los!«, schimpfen auch seine Kameraden unwillig.

Angestrengt lauscht Bernhard nach draußen. Vielleicht kann er verstehen, was dort gesprochen wird?

»Freihafen Hamburg«, hört er einmal

jemanden rufen und bald darauf: »Diese Palette vor der HANSA abstellen! Schon mehrfach hat der Zahlmeister die Ware angemahnt! Der Kreuzfahrer will doch bekanntlich heute Nachmittag auslaufen zu seiner mehrmonatigen Weltreise!«

»Ruhe im Karton!«, lautet sofort die unausgesprochene Parole der Weihnachtsmänner, und augenblicklich ist nicht das geringste Zellophanpapierknistern mehr zu hören. Allen ist klar, dass sonst vermutet werden könne, es sei eine Maus im Karton, und nichts – außer Kakerlaken und Feuer – fürchtet man auf einem Schiff mehr als Ratten und Mäuse!

Es dauert jedoch nicht lange, und schon lagern Bernhard und seine Kameraden friedlich im konstant auf acht Grad gehaltenen Kühlraum ganz unten im Schiffsbauch. Zum Glück sind alle seefest, und so lassen sie sich vom Auf und Ab der Wellen sanft in den Schlummer wiegen.

Plötzlich – eine endlos lange Zeit scheint vergangen zu sein – wird Bernhard durch ein merkwürdiges Knirschen und Knacken

aufgeschreckt. Auch die anderen sind inzwischen hellwach und schauen ängstlich in die Richtung, aus der dieses unheimliche Kratzen, Knacken, Schaben, Scharren und Nagen kommt. Kurz darauf dringt ein Streifen Helligkeit in ihre dunkle Behausung, und sie sehen scharfe weiße Zähne, die sich gierig durch die dicke Pappe beißen! Bernhard erfasst als Erster die bedrohliche Situation:

»Eine Ratte!«, flüstert er entsetzt, »Leute, eine Ratte!«

Nun muss man wissen, dass es für Schokoladenweihnachtsmänner, deren einzige Bestimmung es ist, Menschenkindern Freude zu bereiten, nichts Schändlicheres gibt, als vorzeitig und dazu noch von einem Nagetier verspeist zu werden! So ist auch zu verstehen, dass die kleinen Kerle – ihr nahes, unrühmliches Ende vor Augen – außer sich vor Angst von einem unkontrollierbaren starken Zittern befallen werden. Zum Glück, kann man da nur sagen! Denn ihre wild knisternden Zellophanhüllen verursachen ein solch unheimliches Ge-

räusch, dass die Ratte vor Schreck in ihrem zerstörerischen Werk innehält. Genau in diesem Moment soll sich erweisen, dass Bernhard sich trotz gleicher äußerer Form von seinen Artgenossen unterscheidet. Als Einzigem ist ihm nämlich die bekannte Überlebensstrategie eingefallen, die da lautet: Wenn es denn gar nicht anders geht, musst du versuchen, deinen Feind zum Freund zu machen!

Vorsichtig riskiert er einen Blick durch das winzige Rattenknabberloch im Pappkarton und ... sieht dabei direkt in zwei böse funkelnde Knopfaugen! Nachdem er den ersten Schreck überwunden hat, nimmt er all seinen Mut zusammen.

»Hallo, liebe Frau Ratte«, begrüßt er sie freundlich, während seine Stimme noch etwas zittert, »wie freue ich mich, endlich solch bezaubernde Person kennenzulernen!«

»Hm, hm«, brummt sie ungnädig, wenn auch schon ein wenig besänftigt, denn Komplimente hört sie in ihren Kreisen leider viel zu selten.

✳✳✳✳✳✳✳✳✳✳✳✳✳

»Gnädige Frau«, säuselt er weiter, »können meine Leute und ich Ihnen vielleicht irgendwie zu Diensten sein? Immerhin haben wir es doch nur Ihrer unendlichen Güte zu verdanken,   dass wir nunmehr über eine ausgezeichnete Beobachtungsmöglichkeit verfügen …«

»Ja, Bernd, so ist's richtig!«, flüstern seine Kameraden aufgeregt im Hintergrund. »Schlag der Bestie einen Deal vor!«

Jetzt weiß Bernhard, dass seine Männer hinter ihm stehen, dass er im Ernstfall auf sie zählen kann!

»Wir könnten Ihnen, meine Teuerste«, fährt er daher mutig fort, »zum Beispiel mit Hilfe unserer scharfen Augen, die außerdem Menschenschrift zu entziffern verstehen, verraten, wo die Kartons mit dem leckeren Gebäck lagern. Denn wir selbst«, gerade rechtzeitig ist ihm dieses Argument eingefallen, »wären zu unserem größten Bedauern Ihrem verwöhnten Magen nicht zuträglich.«

»So, so – nicht zuträglich?« Zweifelnd wiegt Frau Ratte ihren Kopf. »Gebäck? Sag-

ten Sie etwas von Gebäck, Herr ... äh, wie heißen Sie eigentlich?«

»Pardon, gnädige Frau, habe bedauerlicherweise versäumt, mich vorzustellen. Gestatten: Schokoladenweihnachtsmann Premiumqualität Bernhard von Leckerburg.« Er gibt sich einen Ruck. »Aber liebe Freunde – Sie erlauben doch hoffentlich, Sie dazuzurechnen? –, nennen mich schlicht und einfach Bernd.«

»Gebäck«, murmelt die Ratte versonnen, »vor allem Spekulatius, Zimtsterne, Basler Leckerli und Dresdner Stollen würden meinen Speiseplan natürlich ungemein bereichern. Aber«, fügt sie hinzu, »genauso gelüstet es mich auch nach etwas Handfestem. Käse und Speck, beispielsweise ... «

»Auch in dieser Beziehung«, beeilt sich Bernhard zu versichern, wobei er bemüht ist, sich Frau Rattes gewählter Ausdrucksweise anzupassen, »äh ..., also auch auf diesem Sektor dürften wir Eurer Exzellenz von unschätzbarem Nutzen sein.«

»Na gut!«, meint Frau Ratte, »schließen wir doch ein Abkommen: Sie kümmern

sich um meinen Speiseplan, und im Gegenzug werde ich Sie nicht weiter inkommodieren. Es sei denn, Sie wünschten es?« Schelmisch zwinkert sie Bernhard zu – sie findet ihn nämlich ausgesprochen appetitlich.

Der Deal ist also perfekt. Von nun an wechseln sich Bernhard und seine Kameraden rund um die Uhr ab auf ihrem Beobachtungsposten. Man mag es glauben oder nicht: Bald freut sich sogar jeder schon auf seinen Wachdienst! Denn nachdem die Arbeit erledigt ist, die bekanntlich darin besteht, Frau Ratte den Weg zu dieser oder jener Leckerei zu verraten, gibt es da draußen hochinteressante Dinge zu beobachten. Zum Beispiel die heimlichen Treffen des verliebten Küchenjungen mit seiner niedlichen Braut aus der Bordwäscherei.

»Ach«, seufzt dann so mancher der Schokoladenweihnachtsmänner etwas neidisch, »muss Liebe schön sein!«, und bedauert, dass es immer noch keine Schokoladenweihnachtsfrauen gibt – zumindest nicht in ihrem Karton.

Weniger harmlos, wenn nicht sogar höchst beunruhigend, verlaufen dagegen die Besuche jenes rotgesichtigen Matrosen, der sich im Kühlraum regelmäßig mit großen Mengen des dort gelagerten Aquavits volllaufen lässt. Bernhard befürchtet jedes Mal das Schlimmste für sich und die Seinen, denn anschließend pflegt der Mann zwischen den hoch aufgestapelten Kisten und Kartons ziellos hin und her zu torkeln! Allerdings besitzt sein Auftauchen auch einen nützlichen Nebeneffekt: Man kann nämlich davon ausgehen, inzwischen müsse wieder eine Woche vergangen sein.

Aus den Gesprächen des jungen Liebespaars erfahren die jeweiligen Wachhabenden übrigens, wo das Schiff sich gerade befindet. Lissabon (durch einen Crash der HANSA mit der Kaimauer verlor Frau Ratte ihre sämtlichen Verwandten, die bis dahin im Vorschiff völlig isoliert ein karges Leben führten) und die Kanarischen Inseln liegen seit langem hinter ihnen. Mittlerweile scheint es draußen sehr warm geworden zu sein, denn die Kühlaggregate laufen auf

Hochtouren. Eine Zeit lang wehten Klänge von Steelbands herein, bis auch sie irgendwann verstummten – ein Zeichen dafür, dass sie nun die Inseln der Kleinen und Großen Antillen passiert haben. Bald darauf läuft das Schiff so ruhig wie nie zuvor: Der Panama-Kanal wird durchfahren. Danach arbeiten die Kühlaggregate vorübergehend weniger hektisch, und Bernhard vernimmt Hafennamen, von denen er noch nie etwas gehört hat: Trujillo und Callao in Peru, dann in Chile Arica und Iquique.

Leider hat Frau Ratte dank ihres abwechslungsreichen Speisezettels inzwischen so an Umfang zugenommen, dass sie nicht mehr durch das gewohnte Schlupfloch passt. Statt sich wie früher zurückziehen zu können, muss sie jetzt schutzlos im Kühlraum ausharren. Dabei wird ihr schmerzlich bewusst, dass sie nunmehr tatsächlich auf Gedeih und Verderb von den Alarmmeldungen der Schokoladenweihnachtsmänner abhängig geworden ist. In welchem Dilemma sich seine Geschäftspartnerin aufgrund ihrer Gefräßigkeit be-

findet, erkennt auch Bernhard. Sachlich stellt er fest, Gerüchte über die angeblich hohe Intelligenz von Ratten seien vermutlich wissenschaftlich nicht haltbar.

Als das Schiff Valparaíso erreicht, wird zum ersten Mal auf der langen Reise die Ladeluke geöffnet, und frische, würzig nach Meer duftende Luft strömt herein. Sofort klingeln bei den Schokoladenweihnachtsmännern die Alarmglocken:

»Gefahr! Gefahr! Ruhig verhalten!«

Schon hören sie das Laufband rattern, mit dem neuer Proviant eingeladen wird. Vorsichtig lugt Bernhard aus dem Beobachtungsloch: Kisten über Kisten mit Champagner für die Silvesterfeier rollen heran. Plötzlich wird ihm klar, allmählich müsse nun wohl der Zeitpunkt gekommen sein, an dem er und seine Genossen ihrer eigentlichen Bestimmung zugeführt werden. Schon oft haben sie sich in der Enge des Kartons darüber unterhalten, welch besonderes Schicksal wohl jedem einzelnen von ihnen beschieden sein möge. Natürlich hoffen alle, einem kleinen Menschenkind

Freude zu bereiten, denn dies ist schließlich der Sinn ihres Daseins.

Während jeder so seinen Gedanken nachhängt, hören sie die Stimme der resoluten Frau, die hier unten schon häufiger nach dem Rechten gesehen hat:

»Als Erstes brauche ich jetzt ganz schnell diesen Karton!«

Die Schokoladenweihnachtsmänner erschauern, als sie begreifen, dass damit sie gemeint sind! Gefasst nehmen sie Abschied voneinander, wünschen sich alles Gute und lassen das Gerüttel während des Transports auf der Stechkarre, danach im Fahrstuhl und später auf dem Servierwagen gleichmütig über sich ergehen.

Frau Ratte wird nun ohne uns auskommen müssen, fällt Bernhard unvermittelt ein. Tatsächlich hat er bei der allgemeinen Aufregung überhaupt nicht mehr an sie gedacht. Aber andererseits – überlegt er – kann sich diese für sie neue Situation nur günstig auf ihre Figur auswirken.

Bald umfängt die Schokoladenweihnachtsmänner strahlende Helligkeit, denn

eine Kabinenstewardess hat den Karton geöffnet.

»Oh, guck mal, wie niedlich!«, ruft sie ihrer Kollegin zu, »eigentlich sind die doch viel zu schade für die Passagiere!«

»Pass bloß auf!«, mahnt die andere, »die sind bestimmt genau abgezählt!«

Bernhard ist furchtbar aufgeregt: Was geschieht jetzt mit ihm? Wie geht es weiter? Doch schon stellt er fest, dass er soeben in Kabine 129 sanft auf dem Kopfkissen neben einem einladend ausgebreiteten Damennachthemd gelandet ist. Wird dies nun seine End- oder noch eine Zwischenstation sein?

Gerade ist er ein wenig eingeduselt, als er eine junge Frau zu ihrem Mann sagen hört:

»Liebling, sieh doch nur unsere reizenden Betthupferl! Sag bloß«, sie fasst sich an den Kopf, »ist heute etwa Nikolaustag?«

Ihr Liebling kontrolliert die Datumsanzeige auf seiner Armbanduhr:

»Nein, heute noch nicht, aber morgen ist der sechste Dezember! Dass bald Weih-

nachten ist und bei uns zu Hause vielleicht schon Schnee liegt, vergess ich immer wieder bei diesen sommerlichen Temperaturen hier in Südamerika!«

Im Lauf des Abends vernimmt Bernhard noch weitere Komplimente über sein adrettes Aussehen, dann wird er jedoch in einen kleinen Rucksack gepackt.

»Ich nehm ihn morgen mit auf unseren Landausflug«, murmelt die junge Frau.

In dem Rucksack fühlt er sich eigentlich ganz wohl. Er macht dort Bekanntschaft mit einer Flasche Sonnenmilch, einem Mückenabwehrspray und einer Packung Papiertaschentücher. Alle drei begegnen ihm ausgesprochen respektvoll, denn noch nie haben sie etwas Ähnliches wie ihn gesehen.

Inzwischen wandern sie schon auf dem Rücken ihrer Trägerin über eine kleine Insel im südlichen Pazifik. Hin und wieder dringen Stimmen in einer fremden Sprache zu ihnen. Nach längerer Zeit wird auf einmal und ohne jede Vorwarnung der Rucksack geöffnet, Bernhard fühlt sich herausgehoben und dann sieht er sich einem

Indiomädchen gegenüber, das ein Baby in einem Tuch auf dem Rücken trägt. Dem Mädchen laufen Tränen übers braune Gesichtchen, denn das Maultier, das es an einem Strick hinter sich herzieht, hat gerade zum wiederholten Mal seine sperrige Last abgeworfen.

»Warte«, ruft der Liebling ihr zu, »ich helfe dir beim Aufladen!«

Und seine junge Frau drückt ihr Bernhard in die Hand.

»Hier, für dich«, sagt sie freundlich, »weil heute doch Nikolaustag ist!«

Da beginnt das Indiomädchen unter Tränen zu lächeln, hebt den Schokoladenweihnachtsmann hoch, damit auch das Baby ihn bewundern kann, dann drückt sie ihn fest an ihre ärmliche Bluse, um ihn sich gleich wieder ungläubig vors Gesicht zu halten, und sogar das Baby in dem Tuch auf ihrem Rücken gluckst und jauchzt vor Vergnügen.

In seinen kühnsten Träumen hätte Bernhard sich nicht ausmalen können, welche Freude sein Erscheinen einmal auslö-

sen würde! Und als er eine ganze Weile später von den Mitgliedern der großen Indiofamilie stückweise verspeist wird, durchzieht ihn ein durch und durch zufriedenes Gefühl.

So muss es sein!, ist sein letzter Gedanke – ja, genauso muss es sein!

»Das war aber eine lange Geschichte, Oma«, stellte Hanno fest. »Erzählst du mir morgen wieder eine?«

Nach dem Fest

So geht es nicht weiter! Ich streike! Schließlich bin ich nicht mehr der Jüngste! Und mein Rheumatismus wird auch von Jahr zu Jahr immer schlimmer!«

»Schon gut, Knecht Ruprecht, schon gut«, meint der Heilige Nikolaus beschwichtigend, »nun reg dich nur nicht künstlich auf!«

»Und außerdem«, mischt sich jetzt der Weihnachtsmann ein, »geht's uns andern ja auch nicht besser als dir!«

»Da hast du gut reden!«, ereifert sich Knecht Ruprecht, »ausgerechnet du mit deinem fahrbaren und in einigen Gegenden sogar fliegenden Untersatz! Du kannst die ungezählten Computer, Monitore, Inlineskates, Fahrräder, Tusch-, Mal- und Legokästen, Ski-Ausrüstungen, Handys, Nintendos, Puppenhäuser, Teddys und die schweren Harry-Potter-Bände bequem auf

deinem Schlitten transportieren! Aber ich? Und dazu gerate ich immer mehr in Vergessenheit! Wer spricht denn heute überhaupt noch von mir? Erwähnst du vielleicht ein einziges Mal meinen Namen, wenn du am Heiligabend die Kinder besuchst?«

»Wir wollen hier nicht zu persönlich werden, meine lieben Freunde«, versucht Nikolaus zu vermitteln und rückt seine hohe Bischofsmütze zurecht, »jeder von uns hat sein Päckchen zu tragen.«

»Aber der eine ein leichtes und der andere ein schweres«, trumpft Knecht Ruprecht auf. »Ich muss nach wie vor die ganze Bescherung auf meinem Buckel befördern! Früher, als ich nur Äpfel, Nuss' und Mandelkern zu verteilen hatte, war das ja noch zu bewältigen, dagegen heutzutage ...« Er stößt einen tiefen Seufzer aus. »Und immer noch lautet meine Order, zeitraubende Umwege durch finstere Winterwälder zu wählen!«

»Jaja, ist schon gut«, murmelt der Weihnachtsmann, »hör bloß auf zu jammern!

Auch ich bin fix und fertig nach der letzten Saison, hab nur den einen Wunsch, mich so schnell wie möglich für ein knappes Jahr aufs Ohr zu legen!«

»Sagtest du ein knappes Jahr? Dass ich nicht lache!« Knecht Ruprecht schlägt sich mit der flachen Hand an die Stirn. Seine Stimme klingt verbittert. »Allerhöchstens neun Monate haben wir Zeit, uns zu erholen! Und wenn mich nicht alles täuscht, werden wir demnächst schon unmittelbar nach Ostern wieder auf Tour müssen!«

»Mal nur den Teufel nicht an die Wand, Ruprecht!«, ruft der Weihnachtsmann entsetzt.

In diesem Moment geht geräuschvoll die Tür zum Konferenzraum auf, und eine finstere, furchterregende Gestalt kommt polternd hereingetrampelt. Unwillkürlich greift der Weihnachtsmann nach der seit langem nicht mehr benutzten Rute aus zusammengebundenem Reisig, die er aus traditionellen Gründen immer noch am Gürtel trägt. Auch der Heilige Nikolaus ist zunächst etwas erschrocken, aber jetzt hat

er sich als Erster gefasst:

»Hallo, mein lieber Krampus«, begrüßt er den verspäteten Gast besonders freundlich, »sei herzlich willkommen in unserem erlauchten Kreis!«

»Elender Job, den du mich machen lässt, Niko! Musste mich wie jedes Jahr wieder in Österreich und Süddeutschland herumtreiben und kleine Kinder erschrecken!« Er sieht sich nach einem freien Platz um und lässt sich schließlich neben Knecht Ruprecht erschöpft auf einen Stuhl fallen. »Hab allmählich die Schnauze voll davon!«

Indigniert zieht der Heilige Nikolaus die Augenbrauen hoch – solch plumpvertrauliche Anrede und reichlich saloppe Ausdrucksweise sind ihm äußerst zuwider! Aus der hinteren Ecke des Raumes, wo Santa Claus, Father Christmas, Père Noël und Väterchen Frost als Beobachter ohne Stimmrecht an der Sitzung ihrer deutschsprachigen Kollegen teilnehmen, ist jetzt besorgtes Gemurmel zu hören:

»What's the matter?«

»What does he mean?«

»Pardon, Messieurs?«

»Ichch njet verrstäähn!«

»Ruhe dahinten!« Der Heilige Nikolaus stampft ein paar Mal energisch mit seinem langen Bischofsstab auf den Boden. Danach wendet er sich an die drei stimmberechtigten Mitglieder der Runde. »Sollten wir nicht versuchen, uns zu mäßigen? Es würde uns wohl anstehen, die Form zu wahren, und zwar sowohl in Punkto Redeweise als auch Rangordnung. Zum Beispiel sollten die Anwesenden den ehrwürdigsten Teilnehmer jetzt endlich sein Statement abgeben lassen!«

»Damit meint er natürlich sich selbst«, zischt Knecht Ruprecht leise in Richtung Weihnachtsmann. »Das passt mir sowieso nicht: Der Boss ist ehrwürdig und so weiter, und ich soll auf immer und ewig der Knecht bleiben? So etwas ist absolut nicht mehr zeitgemäß!« Er erhebt sich, stellt sich aufrecht hin, was ihm gar nicht so leicht fällt, da sein Rücken vom ständigen Schultern der schweren Säcke ziemlich krumm geworden ist. »Ich beantrage hiermit, den

Titel *Knecht* vor meinem Namen zu streichen und durch *Herr* zu ersetzen!«

»*Herr* Ruprecht?«, lacht der Weihnachtsmann. »Wie hört sich das denn an!« Amüsiert blickt er in die Runde. »Also, wenn du damit durchkommst, melde ich einen Anspruch an auf sofortige Erhebung in den Adelsstand! ‚Lieber guter *Freiherr von Weihnachtsmann*, sieh mich nicht so böse an …‘. Klingt doch gar nicht übel – oder?«

Wieder wird in der Ecke der Sitzungsbeobachter aufgeregt getuschelt, und noch einmal muss der Heilige Nikolaus seinen Bischofsstab aktivieren.

»Ruhe bitte! Das ist hier ja der reinste Kindergarten! – Auf welch absurde Ideen ihr doch kommt!«, wendet er sich an seine Mitarbeiter und schüttelt nachsichtig den Kopf. »Natürlich bleibt alles beim Alten, und zwar genauso, wie wir es immer gehalten haben! Aber bei dieser Gelegenheit möchte ich euch etwas ins Gedächtnis rufen: Ihr – und übrigens auch ihr da hinten – seid nichts weiter als meine Gehilfen beziehungsweise meine Stellvertreter!« Er

wendet sich an   Knecht Ruprecht. »Während es mich nachgewiesenermaßen bereits im vierten Jahrhundert gegeben hat, bist du bekanntlich erst viel später aufgetaucht! – Und nun zu dir«, jetzt blickt er dem Weihnachtsmann direkt in die Augen, »dich gibt es überhaupt erst seit dem neunzehnten Jahrhundert! Und in deinem jetzigen Outfit ...«

»Ich sag doch gar nichts mehr«, murmelt der alte Mann eingeschüchtert.

»Und in deinem jetzigen Outfit«, wiederholt Nikolaus, verärgert über die Unterbrechung seines Vortrags, »sogar erst seit rund achtzig Jahren, nachdem CocaCola dich für Reklamezwecke benutzt und in solch geschmacklosem roten Kapuzenmantel mit weißem Pelzbesatz abgebildet hat!« Nikolaus hat sich inzwischen in Fahrt geredet. Gerade setzt er an, um vor diesem besonderen Publikum weitere Gedanken zur Historie zu entwickeln, als er aus Richtung Weihnachtsmann und Knecht Ruprecht unterdrücktes Schluchzen vernimmt. Erschrocken hält er sich die Hand vor den

Mund. Hat er mal wieder zuviel gesagt und sich im Eifer seiner Rede ein wenig vergaloppiert? Tiefe Reue packt ihn, als er jetzt mit sanfter Stimme bittet:

»Freunde, ich hab's doch nicht böse gemeint! Könnt ihr mir bitte meine taktlosen Worte vergeben?«

Knecht Ruprecht spricht als Erster:

»Da rackert man sich also Jahr für Jahr ab, um den Menschenkindern Freude zu bereiten, geht bis an die Grenzen seiner Belastbarkeit und kriegt nun so was an den Kopf geworfen!«

Tränen rinnen über seine runzligen Wangen, während er ab und zu verstohlen schnüffelt, denn in der Aufregung kann er sein Taschentuch nicht finden.

Das normalerweise recht gesund aussehende Gesicht des Weihnachtsmannes hat inzwischen einen beängstigend violetten Ton angenommen. Obwohl er tapfer versucht, nicht auch zu weinen, tropft es dennoch aus seinen Augen, und bevor er endlich zu sprechen beginnt, muss er sich ein paar Mal räuspern:

✫ ✫ ✫ ✫ ✫ ✫ ✫ ✫ ✫ ✫ ✫ ✫ ✫ ✫

»Und mich soll eine ... *Getränkefirma* ... so ... *ausstaffiert* ... haben?« Zutiefst verletzt blickt er an seinem pelzverbrämten roten Mantel herunter, auf den er bisher doch immer so stolz gewesen war.

»Ach, bitte, vergesst alles, was ich so unbedacht gesagt hab!«, ruft der Heilige Nikolaus mit beschwörender Stimme. Zerknirscht entledigt er sich seiner Bischofsmütze, wobei zur Überraschung der Anwesenden eine spiegelblanke Glatze zum Vorschein kommt. »Ohne euch und eure selbstlose Arbeit wäre ich doch tatsächlich verraten und verkauft! Denn eines wollen wir alle nicht, und darin sind wir uns wohl einig ...«, er setzt seine Mütze wieder auf und stellt sich samt Krummstab in Positur, »nämlich, dass ausschließlich die Gechäftswelt unseren Job macht und wir allmählich vollkommen überflüssig werden! Das können wir vor allem den kleinen Kindern, die uns Jahr für Jahr so ungeduldig erwarten, nicht antun! Lasst uns, liebe Mitstreiter, also wacker auf dem uns vorgezeichneten Weg voranschreiten, ungeachtet der Är-

gernisse, Strapazen ...«

Bevor er sich in gewohnter Weise in Einzelheiten verliert und an seinen eigenen Worten berauscht, unterbrechen die Anwesenden ihn mit wiederholten Bravo-Rufen. Sogar der Krampus, der während der letzten halben Stunde heimlich ein Nickerchen gemacht hat, fällt mit seinem in tiefstem Bass tönenden »Bravo!« ein, und auch aus der Ecke des Raumes ertönen zustimmende Bemerkungen der ausländischen Beobachter:

»Well done!«

»Okay, okay!«

»Très bien!«

»Bolschoi karascho!«

»Wir kommen nun zur Abstimmung!« Streng blickt der Heilige Nikolaus die aktiven Teilnehmer der Konferenz an, »und zwar per Handzeichen. Es wünscht doch wohl niemand eine verdeckte Stimmabgabe?«

»Nein, nein, natürlich nicht«, versichern Weihnachtsmann, Knecht Ruprecht und

Krampus wie aus einem Mund und heben bereits eifrig die rechte Hand, »wir nehmen deinen Vorschlag vorbehaltlos an. – Äh ..., wie lautet der noch gleich?«

»Es wird der Beschluss gefasst, weiterzumachen wie bisher, jedoch mit verstärkten Anstrengungen. Zur Wahrung der Interessen unserer Klientel, also der Kinder sowie jener erwachsenen Leute, die traditionelle Werte pflegen und achten, werden wir wie seit Alters her unseres Amtes – äh ..., Verzeihung: unserer Ämter! – walten. Unangefochten, allen Widrigkeiten zum Trotz wollen wir auf dem einmal eingeschlagenen und für richtig befundenen Weg unverdrossen – ja, was sage ich: sogar freudig! – voranschreiten, stets unsere hehren Ziele im Auge behalten und auf keinen Fall das Feld kampflos den weihnachtlichen Geschäftemachern überlassen!« Inzwischen hat er sich ordentlich in Fahrt geredet. »Sondern im Gegenteil: Selbstbewusst, fantasievoll, mit ausgeklügelter Strategie werden wir unsere seit Jahrhunderten besetzten Marktanteile verteidigen

und notfalls wieder zurückerobern, gemeinsam werden wir kämpfen bis zum Umfallen und unermüdlich ...«

»Bravo! Bravo!«, ungeduldig versuchen seine Mitstreiter und Stellvertreter diesen erneuten Redeschwall abzukürzen. »Genauso wird's gemacht!«

»Warum«, fragt Knecht Ruprecht den Krampus mit leiser Stimme, »warum nur muss der Boss immer so geschwollen daherreden?«

»Für einen ehemaligen Bischof scheint mir das ganz natürlich zu sein«, mischt der Weihnachtsmann sich ein, der die Frage ebenfalls gehört hat. »Aber nun mal Hand aufs Herz«, wendet er sich an seine beiden Kameraden, »ist er nicht trotz allem ein wahrhaft gütiger, gerechter und weiser alter Herr? Und vergesst bitte nie: Was und wo wären wir ohne ihn!«

»Wo er recht hat, hat er recht!«, brummelt der Krampus. »Aber ich hau mich jetzt erstmal in die Falle. Also – Servus! Bis zum nächsten Einsatz!«

»Inzwischen freu ich mich direkt schon

wieder auf die Arbeit!«, gesteht Knecht Ruprecht dem Weihnachtsmann, der zustimmend nickt, bevor beide in verschiedene Richtungen auseinanderstreben.

Wohlgefällig sieht der Heilige Nikolaus ihnen hinterher, während er eine neue Rede entwirft, die er zur Probe leise in seinen langen weißen Bart murmelt:

»Meine wackeren Mitstreiter, meine treuen Gehilfen, meine lieben Kameraden, Gefährten in Freud und Leid! Unermüdliche Verteidiger der Kindheit! Sehnsüchtig erwartete Besucher aller kleinen Kinder! Wohlgelittene Gäste der Erwachsenen, die sich zur Weihnachtszeit mit Rührung und Dankbarkeit an euch und euer segensreiches Wirken erinnern ...«

Und während auch er sich jetzt auf den Weg macht, verlieren sich seine Worte im scharfen Wind, der auf Nordost gedreht hat und reichlich Schnee verspricht.